宋·趙長卿 撰

惜香樂府

中國書店

詳校官檢討臣德生
臣紀昀覆勘

欽定四庫全書　　集部十

惜香樂府　　詞曲類　詞集之屬

提要

臣等謹案惜香樂府十卷宋趙長卿撰長卿自號仙源居士南豐人宗室子也是集分類編次凡春景三卷夏景一卷秋景一卷冬景一卷總詞三卷拾遺一卷據毛晉跋語乃當時鄉貢進士劉澤所定其體例殊屬無謂且

夏景中如減字木蘭花詠柳一闋書堂春輦下遊西湖一闋宜屬之春冬景中永遇樂宜屬之秋是分隸亦未盡愜也其詞往往瑕瑜互見如卷二中水龍吟第四闋以了少峭叶晝秀純用江右鄉音終非正律卷五中一剪梅尾句纔下眉尖恰上心頭勦襲李清照此調原句竄易二字殆于點金成鐵卷六中叨叨令一闋純作俳體已成北曲至卷七中一

叢花一闋本追和張先作前半第四句張詞三字一句四字一句此乃作七字一句後半末三句張詞四字二句五字一句此乃作三字一句五字二句是併音律亦多不協然長卿恬于仕進觴詠自娛隨意成吟多得淡遠蕭疎之致固不以一眚廢之也乾隆四十九年閏三月恭校上

總纂官臣紀昀臣陸錫熊臣孫士毅

總校官臣陸費墀

惜香樂府卷一

宋 趙長卿 撰

春景

水龍吟 酴醿

韶華迤邐三春暮飛盡繁紅無數多情為與牡丹長約年年為主曉露凝香柔條千縷輕盈清素最堪憐玉質冰肌婀娜江梅謾休爭妬 翠蔓扶疎隱映似碧紗籠

畢越溪遊女從前愛惜嬌姿終日愁風怕雨夜月一簾小樓魂斷有思量處恐因循易嫁東風爛熳暗隨春去

念奴嬌

小春時候見早梅吐玉裁瓊粧白點點枝頭光照眼惱損柔腸情容暗裏芳心出羣標致經歲成疎隔如今風韻何人依舊冰雪　冷豔瀟灑天然香姿肯易許遊蜂狂蝶夜半黃昏擔帶了多少清風明月宋玉雖悲元超雖恨見了千愁歇東君還許有情取次攀折

滿庭芳

爆竹聲飛，屠蘇香細華堂歌舞催春百年消息經年已凌人念我功名冷落又重是一歲還新驚心事安仁華鬓年少已逡巡　明知生似寄何須苦苦役慕蹄輪最難忘通經好學況論況是讀書萬卷辜負他此志難伸從今去燈窗勉進雲路豈無因

花心動 客中見寄煥香書院

風軟寒輕暗香飄撲面無限清楚乍淡乍濃應想前村

定是早梅初吐馬兒行過坡兒下危橋外竹梢踈處半斜露花花蕊蕊爍然滿樹　一餉看花凝竚因念我西園玉英真素最是繫心婉娩精神伴得水雲仙侶斷腸沒奈人千里無計向釵頭頻覷淚如雨那堪又還日算

踏莎行 春草

柳暗披風桑柔宿雨一番綠遍江頭樹鶯花已過苦無多看看又是春歸去　病酒情懷光陰如許閒愁俏沒安排處新來著意與兜籠身心苦役伊知否

南歌子 早春

春色烘衣煗宮梅破鼻香盡驅和氣入蘭堂又是輕雲微雨下巫陽　酒帶歡情重醺醺氣味長晚來拂拭罨梳粧笑指一鈎新月上迴廊

蝶戀花 春深

宿雨新晴天色好穠李夭桃一㪷都開了燕子歸來深院悄柳綿鋪逕無人埽　咫尺鶯花還又老綠入閒階只有青青草參揣前期誰可表此情不語知多少

鷓鴣天 荼蘼

鏤玉裁瓊莫比香娉婷枝上帶春光風流別有千般韻割捨昏沉入醉鄉 蜂共蝶儘乾忙檀心知未肯尋常從來詩苦人消瘦乞與幽囱富錦囊

又 春草

蜂蜜釀成花已飛海棠次第雨臙脂園林撿點春歸也只有縈風柳帶垂 情默默恨依依可人天氣日長時東風恰好尋芳去何事驅馳作別離

江神子　梅

年年長見傲寒林。壓羣英。有餘清。曾被芳心紅日惱詩情。玉質暗香無限意，偏婉娩，儘輕盈。　今年瀟灑照岐亭。更芳馨。也崢嶸。無柰多情終是惜飄零。誰與東君收拾取，怕風雨，挫瑶瓊。

南歌子　荆溪寄南徐故人

春思濃如酒，離心亂似綿。一川芳草緑生煙。客裏因循重過豔陽天。　屈指歸期近，愁眉淚灑然。無端還被此

情牽為問桃源還有再逢緣

臨江仙 賞花

憶昔去年花下飲團欒爭看酴醾酒濃花艷兩相宜醉中嘗記得帬帶寫新詩　還是春光䕶已莫此身猶在天涯斷腸無奈苦相思憂心徒耿耿分付與他誰

一叢花 杏花

柳鶯啼曉夢初驚香霧入簾清胭脂淡注宮粧雅似文君猶帶春酲芳心婉娩媚容綽約桃李總消聲

相如春思正縈縈無奈惜花情曲欄小檻幽深處與慇勤遮護娉婷姚黃魏紫十分顏色終不似輕盈

青玉案　莫春

天涯目斷江南路見芳草迷風絮綠暗花梢春幾許小桃寂寞海棠零亂飛盡胭脂雨　子規聲裏山城莫月挂西南夢回處滿抱離愁推不去雙眉百皺寸腸千縷若事憑鱗羽

醉蓬萊　賞郡圃芍藥

是三春已暮浪蕊彫殘牡丹零落獨殿清和有佳名芍藥淺淺芳叢繡幢鼎鼎更艷香綽約渾似楊州畫樓捲起翠簾紅幙　倚檻輕盈萬嬌千媚故整霞裾笑花寂莫太守風流擁筵歌圍著生上詩人二千里外念此身飄泊客眼看花歸心對酒香成蕭索

雨中花慢 春雨

宿靄凝陰天氣未晴峭寒勒住羣葩倚檻無語羞辜負年華柳媚梢頭翠眼桃蒸原上紅霞可堪那盡日狂風

蕩蕩細雨斜斜　東君底事無賴薄倖著意殘害鶯花
惟是我惜春情重說奈咨嗟故與慇勤索酒更將油幕
高遮對花歡笑從教風雨著醉酬他

驀山溪　早春

曉來雨霽弱柳搖新翠麗日媚東風正不暖不寒天氣
幽禽弄舌花上訴春光高一餉低一餉清嘹圓還碎
那知時勢春亦元無意草木自敷榮似人生功名富貴
我咱諳分隨有亦隨無不妬富不憎貧歌酒閒遊戲

蝶戀花

芍藥開殘春已盡紅淺香乾蝶子迷花陣陣是清和人正困行雲散後空留恨　小字金書頻與問意曲心誠未必他能信千結柔腸愁寸寸細叙幾日重相近

虞美人　清婉亭賞酴醿

江梅雖是孤芳早爭似酴醿好凡紅飛盡草萋迷婀娜枝頭纔見細腰肢　玉容消得仙源惜滿架香堆白檀心應共酒相宜割捨花心猛飲倒金巵

又

冰塘淺綠生芳草枝上青梅小柳眉愁黛為誰開似向東君喜見故人來　碧桃銷恨猶堪愛妃子今何在風光小院酒尊同向晚一鈎新月落花風

江神子

小溪清淺照孤芳蕋珠娘暗傳香春染粉容清麗傅宮粧金縷翠蟬曾記得花谷谷過雕墻　而今冷落水雲鄉念平康轉情傷夢斷巫雲空恨楚襄王氷雪肌膚消

瘦損愁滿地對斜陽

醉蓬萊

是平分春色夢草池塘暖風簾幕昨夜三台燦天邊芝角自是君家慶流澤遠降生申崧岳厚德温良高才粹雅淵源學博　何事丹墀尚淹潤步未許中原少勤方畧且對笙歌醉黄金錯落巵洞珠宫媚人桃李趁青春綽約緑意紅情成陰結子五雲樓閣

臨江仙 莫春

春事猶餘十日吳蚕早已三眠多情忍對落花前酴醿飄煗雪荷葉媚晴天　香淡無心浸酒綠浮可意邀船時光堪恨也堪憐單衣三月莫歌扇一番圓

青玉案　社日客居

去年社日東風裏向三逕開桃李朧䆜危絃隨意起綠陰紅影暎香縈蕋伴我醺醺醉　今年社日空垂淚客舍看花甚情意江上危樓愁獨倚欲將心事巧憑來燕說與人顚顇

南歌子 春莫送別

枝上紅飛盡，梢頭綠已匀。遊絲柳絮媚青春。向晚煖風簾幕練光新　春已匆匆去，那堪話別情。劉郎幾日便登程。告你覓些歡笑送行人

醉落魂 春深

麥畦匀綠。枝頭屑屑飛梅玉。傷心何事人南北。斷盡回腸，忍聽陽關曲　倚窗青蔭亭亭竹。好風敲動聲相續。夜闌怕見銀臺燭。會得離情，他也淚速速

點絳唇 春思

密雨隨風昨來一夜簷聲溜奈何僝僽官路梅花瘦賦得多情怕到春時候如今一病非因酒試問君知否

又 柳

春到垂楊嫩黃染就金絲軟罷晴新煖湧翠千山遠為甚年年眉向東風展閒消遣欲歸猶懶漁笛天將晚

又 春半

輕煖輕寒賞花天氣春將半柳搖金線求友鶯相喚

玉腕蛾眉意眼頻頻昵歌喉軟玉巵受勸一醉應相挤

又 春雨

夜雨如傾滿溪添漲桃花水落紅鋪地枝上堆濃翠

去年如今常伴酴醿醉今年裏離家千里獨猛東風淚

又 春莫

啼鳥喃喃恨春歸去春誰管日和風煖綠暗閑庭院

還憶當年綺席新相見人已遠水流雲散空結多情怨

鷓鴣天 詠荼䕷

弱質纖姿儷素粧水沉山麝鬱幽香直疑始射來天上
要惱人閒傅粉郎　簡釀酒枕為囊更餘風味勝糖霜
肯如紅紫空姚冶謾惹遊蜂戲蝶忙

又

玉容應不羨梅粧檀心特地賽爐香半藏密葉牆頭女
勾引酡顏馬上郎　樽乏酒且傾囊蟹螯糟熟似黏霜
一年光景渾如夢可惜人生忙處忙

又

洗盡鉛華不著粧一般真色自生香飄飄何處凌波女故故相迎馬上郎　尋譜諜發詩囊絶勝梅萼嫁氷霜故山寒食依然在勾引東坡旅興忙

又

鏤玉裁瓊學靚粧不須沉水自然香好隨梅蕋粧宮額肯似桃花誤阮郎　羞傅粉賤香囊何勞傲雪與凌霜新來勾引無情眼挤為東風一餉忙

又

綽約肌膚巧樣粧風流元自有清香未應傅粉疑平叔
卻笑荷花似六郎　浮蟻甕入詩囊學人消瘦怯風霜
午窗一枕莊周夢甘作花心粉蝶忙

探春令　元夕

去年元夜正錢塘看天街燈光鬧蛾兒轉處熙熙語笑
百萬紅粧女　今年肯把輕辜負列熒煌千炬趁閒身
未老良辰美景擬醉新歌舞

小重山　殘春

清曉窗前杜宇啼遊仙驚夢醉斷魂迷起來窗下看盆池傷春去消瘦不勝衣　柳陌記年時行雲音信杳與心違空教攢恨入雙眉人已遠紅葉莫題詩

又　殘春

綠樹陰陰春已休羣花飄盡也不勝愁遊絲飛絮兩悠悠迷芳草日暖雨初收　深院小遲留好香燒一炷細煙浮更聽羯鼓打梁州惱人處宿酒尚扶頭

菩薩蠻

梅花有意舒香粉舒香已得先春信香與露華清露濃
愁殺人　酒多愁愈重此意誰能共淚濕染衣斑夜霜
金縷寒

又

梅花枝上東風軟朝來吹散真香遠雅淡有餘清客心
和淚傾　美人臨別夜月晃燈初灺玉枕小屏山眉尖
曾細看

惜香樂府卷一

惜香樂府卷二

宋　趙長卿　撰

春景

水龍吟　梅詞

烟姿玉骨塵埃外看自有神仙格花中越樣風流曾是名標清客月夜香魂雪天孤豔可堪憐惜向枝間且作東風第一和羹事期它日　聞道春歸未識問伊家却

知消息當時惱殺林逋空遶園欒千百横管輕吹處餘香散阿誰偏得壽陽宮應有佳人待與點新粧額

又

葦綃閑得仙花就中最有佳人似香肌勝雪千般㨾縛禁他風雨縞夜精神繁春標致忍教孤負悵潘郎去後河陽滿縣知他是誰為主　多謝文章吏部遇啣盃不曾輕許應知這底無言情緒難為分付吹遍春風耀殘明月總傷心處待閑亭夜永遊人散後作飛仙去

又 鶯詞

天教占得如簧巧聲乍囀千嬌媚金衣襯著風流模樣於中可是紅杏香中綠楊陰處多應饒你向黃昏苦苦嬌啼怨別那堪更東風起　別有詩腸鼓吹未關他等閒俗耳雙柑斗酒當時曾是高人留意南國春歸上陽花落止添顰額念啼聲欲碎何人解作留春計

又 雨詞

淡煙輕靄濛濛望中乍歇凝晴晝纔驚一霎催花還又

隨風過了清帶梨梢暈含桃臉添春多少向海棠點點香紅染遍分明是胭脂透　無奈芳心滴碎阻遊人踏青攜手簷頭線斷空中絲亂纔晴却又簾幙閒垂處輕風送一番寒峭正留君不住瀟瀟更下黃昏後

聲聲慢 草詞

濃芳滿地秀色連天和煙帶雨萋萋幾許芳心還解報得春暉當時謝郎夢裏似慇勤傳與新詩却為甚動長門怨感南浦傷離　追想天涯行客應解擁車輪步步

相隨惆悵如絲正是欲斷腸時憑高望中不見路悠悠

南北東西春去也怨王孫猶自未歸

又

詞椰

金垂煙重雪颺風輕東風慣得多嬌秀色依依偏應緑水朱樓腰肢先來太瘦更眉尖惹得閒愁牽情處是張郎年少一種風流　別後長堤目斷空記得當時馬上牆頭細雨輕煙何處夕繫扁舟叮嚀再須折贈勸狂風休挽長條春未老到成陰終待共遊

南歌子 莫春值雨

黯靄陰雲覆滂沱急雨飛洗殘枝上亂紅稀恰是褪花天氣困人時　向曉春酲重偎人起較遲薄羅初見試輕衣笑拭新粧須要剪酴醿

浣溪沙 春深

寒食風霜最可人梨花榆火一時新心頭眼底總宜春　薄莫歸吟芳草路落紅深處鷓鴣聲東風踈雨喚愁生

又 春莫

柳老拋綿春已深夾衣初試曉寒輕別離無奈此時情
先自愁懷容易感不堪聞底子規聲西樓料得數回
程

又 早春

不憤江梅噴暗香春前臘後正淒涼霜風雪月忍思量
斜倚幽林如有恨玉鱗飛後轉堪傷時人那解惜孤
芳

朝中措 梅

別來無事不思量霜日最淒涼凝想倚欄干處攢眉應為蕭郎 梅花豈管人消瘦只恁自芬芳寄語行人知否梅花得似人香

桃源憶故人 初春

夜來一夜東風暖春到桃腮柳眼對景可堪傷斷强把愁眉展 花期惹起歸期念前事從頭忖徧凝想水遙山遠空結相思怨

長相思 春濃

花飛飛柳依依簾捲東風日正遲社前雙燕歸 藥欄東藥欄西記得當時素手攜彎彎月似眉

感皇恩 柳

景物一番新熙熙時候小院融和漸長晝東君有意為怜纖腰消瘦軟風吹破眉間皺 嫋嫋枝頭輕黃微透舞到春深轉清秀錦囊多感又更新來傷酒斷腸無語凭欄久

探春令 早春

笙歌間錯華筵啟，喜新春新歲。菜傳纖手，青絲輕細，和氣入東風裏。幡兒勝兒都姑姊，戴得更忔戲。願新春已後，吉吉利利，百事都如意。

菩薩蠻 春深

赤欄干外桃花雨，飛花已覺春歸去。柳色碧依依，濃陰春晝遲。海棠紅未破，勻糝胭脂顆。風雨也相饒，應怜粉面嬌。

醜奴兒 殘春

牡丹已過酴醾謝，飛盡繁花。濃翠號鴉。綠水橋邊賣酒家。年時攜手尋春去，滿引流霞。往事堪嗟。猶喜潘郎鬢未華。

浣溪沙 寵姬小春

簾捲輕風恰小春。荷枯菊悴正愁人。江梅喜見一枝新。料得主人偏愛惜，也應冰雪好精神。故園桃李莫生嗔。

清平樂 閒訊 梅花

楚梅嬌小好是霜天曉宿酒惱人香暗逺浸影碧波池沼

生成素淡芳容不須抹黛匀紅準擬成隂結子莫教枉費春工

又 早起 聞鶯

綺疏新曉學語雛鶯巧煙暖瑶堦梧葉老滿地東風芳草

少年不合風流償他酒債花愁望斷緑蕪春去銷魂嬾上層樓

更漏子 春莫

日彤彤風蕩蕩簾外柳花飛颺紅有限綠無窮雨晴芳徑中　腸寸結縈離別還是去年時節春莫也子規啼傷春三月時

訴衷情 重臺梅

檀心刻玉幾千里閒處對房櫳黃昏淡月籠豔香與酒爭濃　宜輕素鄙輕紅思無窮化工著意南南北北一種東風

小重山　楊花

枝上楊花糝玉塵晚風扶起處雪輕盈撲人點點細無聲誰能惜撩亂滿江城　恐淚未須傾十年追往事嘆流鸎曉來雨過轉傷情鋪池綠遺恨寄浮蘋

蝶戀花　春殘

綠盡燒痕芳草遍不暝不寒切莫辜良宴羃畫屏風閑羽扇薄羅衫子仙衣練　晚雨小池添水面戲躍頳鱗又向波心見持酒伊聽聲宛轉樽前唱徹昭陽怨

鷓鴣天 詠燕

梁上雙雙海燕歸故人應不寄新詩柳梧陰裏高還下簾幙中閒去復回　追盛事憶烏衣王家巷陌日沉西興亡無限驚心語說向時人總不知

又 春殘

謖謖東風作雨寒無心獨自凭欄干綠肥紅瘦春歸去恨逼愁侵酒怎寬　追往事惜花殘殘花往事總相關風光臺上傷心處此意人休作算閒

探春令 尋春

新元纔過漸融和氣先到簾幃謾閒遶柳徑花蹊裏探看試春來未　年時曾把春拋棄與春光陪淚待今春日日花前沉醉款細偎紅翠

又 立春

數聲回雁幾番疎雨東風回暖甚今年立得春來晚過人日方相見　縷金幡勝教先辦著工夫裁翦到那時覩當須教滴惜稱得梅粧面

又 賞梅十首

冰檐垂箸雪花飛絮時方嚴肅向尋常搖曳凡花野草怎生敢誇紅綠　江梅孤潔無拘束祇温然如玉自一般天賦風流清秀總不同麗俗

又

而今風韻舊時標致總皆奇絕再相逢還是春前臘後粉面凝香雪　芳心自與羣花別儘孤高清潔那情懷最是與人好處冷淡黄昏月

又

雕牆風定綺窗燭灺沉吟獨坐料雪霜深處司花神女

暗裏裝百和　惱人一陣香初過把清愁黛破更那堪

得冰姿玉貌痛與惜則箇

又

龜紗隔霧繡簾鈎月那時曾見照影兒覷了千回百轉

素豔明於鍊　柔腸堆滿相思願更重看幾遍是天然

不用施朱襯翠羞損桃花面

又

踈籬橫出綠枝斜露笑盈盈地悄一似初覩東鄰女有無限風流意　半開折得瓊瑰蕋惹新香沾袂放曲屏珠晃膽瓶兒裏伴我醺醺睡

又

冰澌池面柳搖金線春光無限閒梅花底事收香藏蕋到此方舒展　百花頭上俱休管且驚開俗眼看綠陰結子成功調鼎有甚遲和晚

又

溪橋山路竹籬茆舍凄凉風雨被摧殘沮挫精神依舊無奈相思苦　東君故與收拾取忍教他塵土向緑窗繡户朱欄小檻做箇名花主

又

雨孱風瘦雪欺霜妬時光牢落怎奈向天與孤高出衆一任傍人惡　凡花且莫相嘲謔儘强伊寂莫便饒他百計千方做就醞藉如何學

又

樓頭月滿欄干風度有人腸斷爲多情役得神魂撩亂

又被梅縈絆　對花沉醉應須挤且尊肯相伴恨無端

玉笛穿簾透幙好夢還驚散

又

清江平淡暗香瀟洒滿林風露漸枝上也學楊花柳絮

輕逐春歸去　東君著意勤遮護總留他不住幸西園

別有能言花貌委曲關心愫

惜香樂府卷二

惜香樂府卷三

宋 趙長卿 撰

春景

寶鼎現 上元

鬧塵盡埽碧落輝騰元宵三五更漏永遲遲停鼓天上人間當此遇正年少盡香車寶馬次第追隨士女看往來巷陌連甍簇起星毬無數政簡物阜清閒處聽笙

歌鼎沸頻舉燈焰暎庭帷高下紅影相交知幾戶恣歡笑道今宵景色勝卻前時幾度細算來皇都此夕消得喧傳今古　綺席成行爐噴憑沉檀輕縷覩遨遊緣仗疑是神仙伴侶欲飛去恨難留住漸到蓬瀛步願永逢恁時恁節且與風光為主

青玉案　殘春

梅黄又見纖纖雨客裏情懷兩眉聚何處煙村啼杜宇勸人歸去早思家轉聽得聲聲苦　利名縈絆何時住

惱亂愁腸成萬縷滿眼興亡知幾許不如尋個老松石畔作個柴門戶

燭影搖紅 春深

梅雪飄香杏花開豔燃春晝銅駝煙淡曉風輕搖曳青青柳海燕歸來未久向雕梁初成對偶日長人困綠水池塘清明時候　簾幙低垂麝煤煙噴黃金獸天涯人去杳無憑不念東陽瘦眉上新愁壓舊要消遣除非帶酒酒醒人靜月滿南樓相思還又

念奴嬌 梅影

銀蟾光滿弄餘輝冷浸江梅無力綏引柔條浮素蕊橫在閒窗虛壁染紙揮毫粉塗墨暈不似今端的天然造化別是一般清瘦蹤跡　今夜翠䕶堂深夢回風定因月才相識先自離愁那更被曉角殘更催逼曙色將分輕因移盡過眼難尋覓江南圖上畫工應為描得

又 落梅

玉龍聲杳正瑶臺曲舞香山初徹褪粉揞酥千萬顆滿

地平鋪銀雪草褥香茵苔錢買住留椅黃昏月有人粧罷對花凝竚愁絶　休更恨落羞開東君情分自古多離别好把芳心收拾取與個和羹人説擺脱風塵消停酸苦終有成時節浮花浪蕊到頭不是生活

阮郎歸　詠春

和風暖日小層樓人間春事幽杏花深處一聲鳩花飛水自流　尋舊夢續揚州眉山相對愁憶曾和淚送行舟清江古渡頭

虞美人 春寒

東風捲盡辛夷雪逆旅清明節黄昏煙雨失前山陟遍朱欄酒噤不禁寒　歸來誰護衣篝火倒擁文鴛臥可堪連夜子規啼喚得春歸人却未成歸

漁家傲 梅

蕙死蘭枯金菊槁返魂香入江南早竹外一枝斜更好誰解道古今惟有東坡老坡梅詩云竹外一枝斜更好　去歲花前人醉倒酒醒花落無人掃今歲花開人未到愁滿抱青

山一帶連芳草

念奴嬌 梅

蘭枯菊槁，是返魂香入江南春早。谷靜林幽人不見，夢與梨花顛倒。雪刻檀心，玉勻豐頰，粧趁嚴鍾曉。海仙么鳳，綠衣何處飛遶。 竹外孤裊一枝，古今解道，只有東坡老。莫倚廣平心似鐵，閑把珠璣揮掃。桃李輿臺，冰霜賔客，月地還淒悄。暗香消盡，和羹心事誰表。

玉樓春 春半

江村百六春强半柏柏池塘春水滿風團柳絮舞如狂雨壓橘花香不散　陰陰巷陌閑庭院小立危欄羞燕燕不知何事未還鄉除却青春誰作伴

謁金門 莫春

風又雨滿地殘紅無數花不能言鸎解語曉來啼更苦把酒東皐日莫抵死留春春去擬倩楊花尋去處楊花無定據

眼兒媚 春晚

樓上黃昏杏花寒斜月小闌干一雙燕子兩行歸雁畫
角聲殘　綺窗人在東風裏無語對春閒也應似舊盈
盈秋水淡淡春山

菩薩蠻 殘春

楊花飛盡鶯聲澀杜鵑喚得春歸急病酒起來遲嬌慵
懶畫眉　寶奩金鴨冷重喚燒香餅著意煉龍涎纖纖
手逴煙

畫堂春 長新亭小飲

小亭煙柳水溶溶野花白白紅紅惱人池上晚來風吹損春容　又是清明天氣記當年小院相逢憑欄幽思幾千重殘杏香中

又 賞海棠

夜來暖趣海棠時臉邊勻透胭脂亂紅嬌影困垂垂睡損楊妃　多少肉溫香潤朱唇緣鬢相偎晚風何苦過臺西斷送春歸

卜算子 春景

春水滿江南三月多芳草幽鳥啣將遠恨來一一都啼了　不學鴛鴦老回首臨平道人道長眉似遠山山不似長眉好

念奴嬌　梅

見梅驚笑問經年何處收香藏白似語如愁却問我何苦紅塵久客觀裏栽桃仙家種杏到處成蹊隔千林無伴淡然獨傲霜雪　且與管領春迴孤標爭肯接雄蜂雌蝶豈是無情知受了多少淒涼風月寄隴人遙和羮

心在忍使芳塵歌東風寂莫可憐誰與攀折

又 梅

水邊籬落獨橫枝冉冉風煙岑寂踏雪尋芳村路永竹屋西頭遥識蕙草香銷小桃紅未醉眼驚春色離愁何處斷腸無限陳跡　顦顇素臉朱唇天寒日莫倚闌干無力歲晚天涯驛使遠難寄江南消息自笑平生憐清惜淡故園曾親植百花雖好問還有恁標格

菩薩蠻 梅

肩輿曉踏江頭月月華冷浸消殘雪雪月照疎籬梅花三兩枝　人憐花淡薄花恨人牢落不似那回時醺醺醉玉肌

點絳唇　梅

開盡梅花雪殘庭户春來早歲華偏好只恐催人老　惟有詩情猶被花枝惱金樽倒共成歡笑終是清狂少

鷓鴣天　梅

手種梅花三四株要看冰霜照清臞朝來幾朶茆簷下

竹外江頭恐不如 凝玉面吐香鬢莫嫌孤瘦漸豐餘

化工不肯辜人意做底歡娛報畬渠

又 送春

只慣嬌癡不慣愁離情渾不挂眉頭可憐惱盡尊前客

却趂東風上小舟 真個去不歡留落花流水一春休

自怜不及春江水隨到滕王閣下流

瑞鶴仙 莫春有感

海棠花半落正蕙圃風生蘭亭香㯷青英瞑池閣任翻

紅飛絮遊絲穿幙情懷易著柰宿醒情緒正惡嘆韶光漸改年華荏苒舊歡如昨　追念凭肩盟誓桃臂私言盡成離索記得忘却當時事那時約怕燈前月下得見則個厭厭只待覷著問新來爲誰縈牽又還瘦削

臨江仙 莫春

過盡征鴻來盡燕故園消息茫然一春顦顇有人憐懷家寒食夜中酒落花天　見說江頭春浪渺慇勤欲送歸船別來此處最縈牽短篷南浦雨踈柳斷橋煙

一翦花 莫春送别

堦前春草亂愁芽塵暗緑窗紗釵盟鏡約知何限最斷腸溢浦琵琶南浦送舩西城折柳遺恨在天涯　夜來魂夢到儂家一笑臉如霞鸎啼燕恨西窗下問何事潘鬢先華鐘動五更魂歸千里殘角怨梅花

清平樂 春景

霽光摇目春入郊源緑殘雪壓枝堆爛玉時向林間蔌蔌　杖藜細履平沙醉中一任欹斜落日數聲啼鳥香

風滿路梅花

朝中措 詠春

亂山疊疊水泠泠南北短長亭客路如天杳杳歸心特地寧寧　春光苒惹花朝泠落酒伴飄零鬟影黄邊羊白燒痕黑處重青

柳梢青 春詞

桃杏舒紅遲遲暎日媚景芳濃紫燕穿簾香泥著地未乳巢空　千山萬水重重煙雨裏王維畫中芳草斜陽

無人江渡蓑笠漁翁

近豐城馬令字夢山舊日與張公舍人從遊甚厚偶一日暇命道士請紫府仙忽畫其灰稱云我乃張孝祥也昔日死生之事天數難逃耳今不復云予幸歸紫府真人之列馬令遂具菓卓酌酒具服焚香而命飲勞馬凡三獻盃而稱有不樂之意馬遂具盃分東西之位張乃堅不肯東坐再三而馬遂居其東飲未終而又索呼妓佐罇馬如命令歌舞數曲又命畫灰

而云予亦醉矣別無所贈謹成小詞伸作別之意
予平生惟珍惜一端硯在本家書院洪字號籠内宜
取以贈馬君再畫灰云仙風路隔後會難期遂去後
果於其家得硯再禱而請竟不復至得其傳者樂邑
詹凝叔堅欽而奉行好事君子幸無以爲妖惑牛鬼
蛇神之怪當重張公平昔魁名文章善政在人耳目
未泯詳之無忽

惜香樂府卷三

惜香樂府卷四

宋 趙長卿 撰

夏景

花心動 荷花

綠水平湖浸芙蕖爛錦豔勝傾國半斂半開斜立斜欹好似困嬌無力水仙應赴瑶池宴醉歸去美人扶策駐香旟擁波心媚容倩粧顔色　曾見苕川瀅碧匀粉面

溪頭舊時相識翠被繡裀彩扇香篝度歲杳無消息露痕滴盡風前淚追往恨悠悠蹤跡動怨憶多情自家賦得

鼓笛慢 甲申五月仙源試新水雨過絲生荷香襲人因感而賦此詞 時病眼

暑風吹雨仙源過深院靜涼於水蓮花郎面翠幢紅粉烘人香細別院新番曲成初按詞清聲婉奈難堪羞澀朦鬆病眼無心聽笙簧美 還記當年此際嘆飄零萍蹤千里楚雲寂莫吳歌淒切成何情意因念而今水鄉

瀟灑風亭高致對花前可是十分蒙斗肯辜歡醉

念奴嬌 碧含笑

睨粧纔罷見櫳絲匀玉一團嬌秀趂得年光長是向金谷無花時候不比鷺鷥不關燕燕不似章臺柳清涼無汗雪肌瀟灑難偶 好是斜月黃昏瑤堦鈿砌百媚初含酒惱殺多情香噴噴雙靨盈盈回首傾國傾城千金莫惜蘭蕙應難友沈郎拚了爲花一味銷瘦

滿庭芳 荷花

竹颭斜梢荷傾餘瀝脫風初到南池雨收池上高柳亂
蟬嘶冉冉蓮香滿院夕陽映紅浸庭闈涼生到碧瓜破
玉白酒酌玻瓈　思量浮世事枯榮辱寵歡喜憂悲算
勞心勞力得甚便宜粗有田園笑傲棟些個朋友追隨
好時景莫教挫過撞著醉如泥

又 對景

紅藕洲塘黄葵庭院渚風時動清颸素紈輕颭涼色爽
征衣一一光陰日月關情處前事難期空凝想臨鸞有

恨誰與畫新眉　刀頭心寸折　江南厚約惟是儂知念
默歌停舞冷落房幃何日朱籠鸚鵡迎門報金勒東歸
羅絃管合歡聲裏爛醉玉東西

好事近　雨過對景

山路亂蟬吟聲隱茂林脩竹恰值快風収雨過荷香芬
馥　破除愁慮酒宜多把酒再三囑遥想溪亭瀟灑稱
晩涼新浴

虞美人　雙蓮

二喬姊妹新粧了照水盈盈笑多情相約五湖遊似向羣花叢裏騁風流　丁香枝上千千結怨惹相思切爭如特地嫁黨風吐盡芳心點點絳唇紅

醉蓬萊 新荔枝

正火山槐夏黛葉綳枝荔子新摘千里馳驅薦仙源佳席浪比龍睛未輸崖蜜爍爛然紅摘滿貯雕盤纖纖素手丹苞新擘　梨栗麄踈帶酸橘柚凡品多般總羞標格何似濃香洗煩襟仙液為愛真妃再三珍重價傾城

傾國玉骨冰肌風流醖藉直宜消得

又 端午

見浴蘭纔罷拂掠新粧巧梳雲髻初試生衣恰三裁貼體艾虎宜男朱符辟惡好儲祥納吉金鳳釵頭應時戴了千般忔戲　那更慇勤再三祝願鬬巧合歡彩絲纏臂刻玉香蒲泛金觥迎醉午日薰風楚詞高詠度遏雲聲脆赤口白舌從今消滅諸餘可意

賀新郎 初夏

篆縷銷金鼎翠沈沉庭陰轉午晝長人靜芳草王孫知
何處只覩楊花糝徑正玉枕瞢騰初醒門外殘紅春去
也悶無聊宿酒厭厭病雲鬟嚲未慵整　江南舊事休
重省但今朝尋消問息寒鴻難倩月滿西樓凭闌處暗
數歸期未定又只恐瓶沉金井嘶騎不來銀燭暗枉教
人立盡梧桐影誰伴我照鸞鏡

踏莎行（夜涼）

樹影將圓林梢不動汗珠浥透紗衣重荷風忽送雨飛

來晚凉習習生幽夢　珠箔高鈎瑤琴閒弄移樽邀取嬋娟共今宵拚著醉眠呵夜香聞早添金鳳

醉落魄 重午

淡粧濃抹西湖人面兩奇絕菖蒲角黍家家節水戲魚龍十里畫簾揭　凌波無限生塵襪冰肌瑩徹香羅雪遊船且莫催歸楫遮莫黃昏天外有新月

卜算子 亭上納凉

新月挂林梢暗水鳴枯沼時見疎星落畫簷幾點流螢

小歸意了無多故作連環遶欲寄新詩問採菱水濶煙波渺

阮郎歸送别有感因詠鸎作

東城沙軟馬蹄輕清和雨乍晴柳陰曲徑泣流鸎凄凉不忍聽　休苦怨莫悲鳴何須兩淚傾但將巧語寫心誠東君肯薄情

蝶戀花初夏

亂疊青錢荷葉小濃緑陰陰學語雛鸎巧小樹飛花芳

徑草堆紅襯碧於中好　梅子弄黄枝上早春已歸時
戲蝶遊蜂少細把新詞纔和了雞聲已喚紗窗曉

鷓鴣天 夜鈎月橋賞荷花

新晴水暎藕花紅烘人暑意晚來濃共携纖手橋東路
楊柳青青一徑風　深翠裏豔香中雙鸞初下蕋珠宫
月籠粉面三更露涼透蕭蕭一夢中

江神子 夜涼對景

綵雲飛盡楚天空碧溶溶一簾風吹起荷花香霧噴人

濃明月淒涼多少恨恨難許我情鍾　相思魂夢幾時窮洞房中憶從容須信别來應也斂眉峯好景良宵添悵望無計與一樽同

新荷葉 詠荷

冷徹蓬壺翠幢鼎鼎生香十頃琉璃望中無限清涼遮風掩日高低襯窣護紅粧陰陰湖裏羨他雙浴鴛鴦

猛憶西湖當年一夢難忘折得曾將蓋雨歸思如狂水雲千里不堪更回首思量而今把酒爲伊沉醉何妨

臨江仙 初夏

簾幙清風灑灑，園林綠陰垂垂。練花開遍麥秋時。雨深芳草渡，蝴蝶正慵飛。　䫋頷三春心事，風流一弄金衣。韶光老盡起深思。日長庭院裏，徙倚聽催歸。

朝中措 首夏

荷錢浮翠點前溪，梅雨日長時。恰是清和天氣，雕鞍又作分攜。　别來幾日，愁心折盡，針線小蠻衣。羞對綠陰庭院，啣泥燕燕于飛。

減字木蘭花 詠柳

柳絲搖翠。翠幄籠陰無限意。不絆行舟。只向江邊絆客愁。　月明風細。分付一江流去水。嬌眼傷春。誰是章臺欲折人。

卜算子 夏日送吴主簿

執手送行人，水滿荷花浦。舊恨新愁不忍論，淚壓瀟瀟雨。　行計已匆匆，無計留伊住。一點相思萬里心，誰怕關山阻。

臨江仙 賞興

柳上斜陽紅萬縷烘人滿院荷香晚涼初浴略梳粧冠兒輕替枕衫子染鸎黄 蓄意新詞輕緩唱慇懃滿捧瑶觴醉鄉日月得能長仙源正閒散伴我老髙唐

雨中花令 初夏遠思

綠鎻窗紗梧葉底麥秋時曉寒慵起宿酒懨懨殘香冉冉渾似那時天氣 别日不堪頻屈指回頭早一年不會搔首無言欄干十二倚了又還重倚

畫堂春 輦下遊西湖有感

湖光蘸雨碧連天遶堤映草芊芊舞風楊柳欲撕綿依依起翠煙　還是春風客路對花空負嬋娟莫寒樓閣碧雲閒羅袖成斑

浣溪沙 夜涼小飲

露浥新荷撲鼻香惱人更漏響浪浪柳梳斜月上紗窗　小醉耳邊私語好五雲樓閣羨劉郎酒闌燭暗斷回腸

西江月 邀蔡堅老忠孝堂觀書

水滿平塘過雨洗粧紅褪芙蕖綠荷美影蔭龜魚無限閒中景趣　瀟洒高堂邃館那堪左右圖書凌雲賦得似相如多少風流態度

卜算子 四明別周德遠

閒路踏花來閒逐清和去來去雖然總是閒多少傷心處　紅碧好池塘朱綠深庭户隨分山歌社舞中且樂陶陶趣

清平樂 忠孝堂雨過荷花爛然晚晴可人因呈李宜山同舍

水鄉清楚。襟袖銷袢暑。綽約藕花初過雨。出浴楊妃無語。　葡萄滿酌玻瓈。已拚一醉酬伊。浪捲夕陽紅碎，池光飛上簾幃。

又 初夏舞宴

清和時候。底事休交瘦。滿酌流霞看舞袖。步步錦裀紅皺。　六么舞到虛催。幾多深意徘徊。拚了明朝中酒，爲伊更飲瓊盃。

浣溪沙 初夏

露透龜紗月映欄麥秋天氣怯衣單練花風軟曉來寒嬾起麝煤重換火暖香濃處斂眉山眼波横侵緑雲鬟

又 初夏有感

薄霧輕陰釀曉寒起來宿酒尚酡顔柳鸎何事苦關關新恨舊愁俱喚起當年紫袖看弓彎淚和梅雨兩潸潸

鷓鴣天 初夏試生衣而婉卿持素扇索詞因作此書於扇上

牙領番騰一線紅花兒新樣喜相逢薄紗衫子輕籠玉削玉身材瘦怯風 人易老恨難窮翠房羅幌兩心同既無閑事縈懷抱莫把雙蛾皺碧峰

菩薩蠻 初夏

方池新漲葡萄緑曉來雨過花如浴 測測杏園風梢頭一崚紅 危樓愁獨倚一寸心千里宿酒尚微醺嬾裝堆髻雲

西江月 夏日有感

穩唱巧翻新曲靈犀密意潛通荷花香染晚來風相對恍然如夢　有恨眉尖皺碧多情酒暈生紅此愁不是等閒濃應爲仙源傾動

浣溪沙 初夏

睡起風簾一派垂失巢燕子傍人飛日長深院委香泥

綠笋出林翻錦籜紅葵著雨褪胭脂微風度竹入輕衣

蝶戀花 和任路分荷花

憶昔臨平山下過無數荷花照水無纖翳短艇直疑天上坐醉眠花裏香無那　雨浥紅粧嬌娜娜脉脉含情欲向風前破莫道晚來風景可青房著子千千顆

浣溪沙 為王參議壽

密葉陰陰翠幄深梅黄弄雨正頻頻榴花照眼一枝新

緱嶺有人今毓粹飛鳬不日造嚴宸一樽敬壽太夫人

又 呈趙狀元

雨過西湖綠漲平環湖密柳暗藏鸎麥秋天氣似清明　對策有人新切直逢春不日盡施行扁舟未用速歸程

青玉案 壓波簷客

結堂雄占雲煙表萬象爭呈巧老木參天溪西遶亂山橫秀一湖澄照天付陰晴好　夜空喚客清樽倒明月飛來上林杪涼滿九霄風露浩酒慵起舞一聲清嘯平

壓波聲小

又

恍如遼鶴歸華表閱盡人間巧天乞一堂山對遶微波不動岸巾時照照見星星好　舞風荷蓋從欹倒碧樹生涼自天杪誰識元龍胷次浩騎鯨欲去引盃獨嘯醉眼青天小

謁金門 一雨掃煩暑白漉王友醉餘因次韻

今夜雨掃盡一番袢暑宛似瀟瀟鳴遠浦短篷何日去

自漉床頭玉醑清與有誰知否反笑功名能幾許槐
宮非浪語

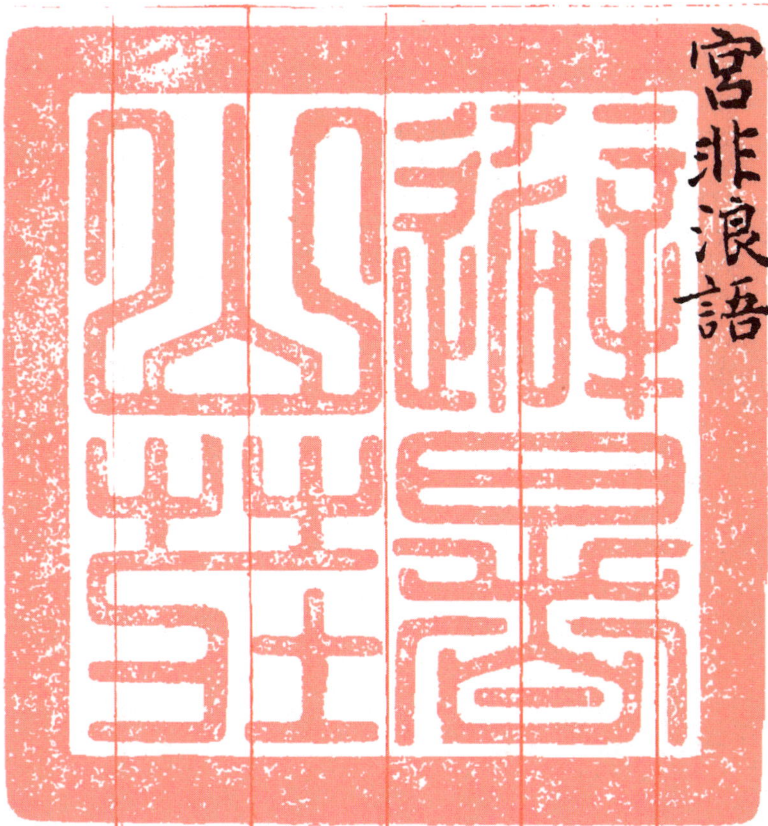

惜香樂府卷四

惜香樂府卷五

宋 趙長卿 撰

秋景

念奴嬌 客豫章秋雨懷歸

江城向曉被西風㨫碎一天絲雨亂織離愁千萬縷多少闌心情緒促織鳴時木犀開後秋色還如許郵堪飄泊異鄉千里孤旅 應想簾幙間垂西樓東院齊把歸

期數記得臨岐收淚眼執手叮嚀言語白酒紅萸黃花綠橘莫等閒辜負朱籠歸騎甚時先報鸚䳇

又 秋日牡丹

花王有意念三秋寂寞凄涼天氣木落煙深山霧冷不比尋常風味勒駕閒來柳蒲顑頷無限驚心事仙容香艷儼然春盛標致　雅態出格天姿風流醞藉羞殺巖前桂寄語芙蓉臨水際莫騁芳顏妖麗一朵凭欄千花退避惱得騷人醉等閒風雨更休僝僽容易

聲聲慢 府判生辰

金風玉露綠橘黃橙商秋爽氣飄逸南斗騰光應是間生賢出照人紫芝眉宇更仙風誰能儔匹細屈指到小春時候恰則三日 莫論早年富貴也休問文章有如椽筆堯舜逢君啟沃定知多術而今且張錦幄麝煤泛暖香鬱鬱華堂裏聽瑤琴輕弄水仙新律

瑞鶴仙 張宰生辰

西風蘋末起動院落清秋新涼如水纖歇過雲際正美

人翻曲陽春輕麗蘭衣玉佩擁南斗光中一醉有邦人萬口同聲賛嘆我公愷悌　百里年豐穀稔事簡刑清頌聲盈耳鵬程九萬摩空展垂天翼定丹書飛下彤墀歸去秘略家傳小試看封留亘古功名未容退避

滿庭芳　七夕

雨洗長空風清雲路又還准備佳期夜涼如水一似去秋時渺渺銀河浪靜星橋外香靄霏霏霞軿舉鸞驂鶴馭穩穩過飛梯　經年成間阻相逢無語應喜應悲怕

玉繩低處依舊睽離和我愁腸萬縷嫦娥怨底事來遲

廣寒宮春風桂䰟首與慰相思

水調歌頭 中秋

今夕知何夕秋色正平分嫦娥此際底事越樣好精神

已是天高氣肅都更清風灑灑萬里没纖雲把酒臨風

飲酒面起紅鱗　歌一曲舞一曲捧金樽從他妄想老

兔顱額正紛紛我為桂花撈醉明日扶頭不起顛倒白

綸巾天若知人意夜雨莫傾盆

驀山溪憶古人詩云滿城風雨近重陽因成此詞

滿城風雨又是重陽近黃菊媚清秋倚東籬商量開盡紅萸白酒景物一年年人漸遠夢還稀贏得無窮恨釵分鏡破一一開方寸强醉欲消除醉魂醒凄凉越悶鴛鴦宿債償了惡因緣當時事秖今愁斑盡安仁鬢

洞仙歌木犀

芰荷已老菊與芙蓉未一夜秋容上巖桂間繁蕪嫩黃染就瓊瑰開未足已早香傳十里從前分付處明月清

風不用斜暉照佳麗嘆浮花徒解咤淺白深紅爭似我瀟洒堆金積翠看天濶秋高露華清見標致風流更無塵意

虞美人 中秋無月

西風明月臨臺榭準擬中秋夜一年等待到而今為甚今宵陡頓却無情　姮娥應怨孤眠苦取次為雲雨素蟾特地暗中圓未放清光容易到仙源

醉蓬萊 七月命赴漕試蘭臺主人餞于法回寺侍兒才卿乞詞因此賦之題于壁

正金風無露玉宇生凉楚郊無暑催起行人恰槐黄時

序萬里晴霄幾人爭覩快鵬摶一舉明月圓時素秋中夜凌雲新賦　郵更淵源詞鋒輕鋭筆陣縱横學通今古譽望飛騰是麟宗文虎魁薦歸來華堂香裏與管絃為主待看明年彤墀射策鰲頭獨步

洞仙歌殘秋

黄花滿地庭院重陽後天氣凄清透襟袖動離情最苦旅館蕭條郵堪更風剪凋零飛柳　臨岐曾執手祝付叮嚀知會别來念人否為多情生怕分離袄知道準擬

別來消瘦甚苦苦促裝赴歸期要趂他橘綠橙黃時候

夏雲峯 初秋有作

露華清天氣爽新秋已覺涼生朱户小牕坐來低按秦箏幾多妖豔都總是白雪餘聲郵更玉肌膚韻勝體段輕盈　照人雙眼偏明况周郎自來多病多情把酒為伊再三著意須聽銷魂無語一任側耳與心傾是我不卿卿更有誰可卿卿

感皇恩 送林縣尉

碧水浸芙蓉秋風楚岸三歲光陰轉頭換且留都騎未許匆匆分散更持盃酒慇勤勸勸　休作等閒別離人看且對笙歌醉須拚如君才調掌得玉堂詞翰定應不久勞州縣

瑞鶴仙 殘秋有感

敗荷擎沼面紅葉舞林梢光陰何速碧天靜如水金風透簾幙露清蟬伏追思往事念當年悲傷宋玉漸危樓向晚魂銷處倚遍闌干曲　凝目一霎微雨塞鴻聲斷

酒病相續無情賞處金井梧東籬菊漸蘭橈歸去銀蟾滿夜水村煙渡怎宿負伊家萬愁千恨甚時是足

臨江仙 送宜春令

萬里西風吹去旆滿城無柰離情甘棠也似戴公深曉來風露裏葉葉做秋聲　十載兩番遺愛在須知愁滿宜春楚天低處是歸程夕陽踈雨外莫遣亂蟬鳴

又 秋日有感

楓葉白蘋秋未老晚風吹泛輕艎青山瀝瀝水茫茫情

隨流水遠恨逐暮山長　一點相思千點淚眼前無限
情傷佳人猶自捧離觴陽關休唱徹唱徹斷人腸

鷓鴣天深秋悲感

亭樹蕭蕭生暮涼安排清夢到胡床楚山楚水秋江外
江北江南客恨長　蘋渚冷橘汀黃斷魂殘夢更斜陽
欲將此日悲秋淚灑向江天哭楚狂

驀山溪秋日賀張公生辰

木犀開了還是生辰到一笑對西風喜人與花容俱好

壽筵開處香霧撲簾幙笙簧奏星河曉拚取金罍倒當年仙子容易抛蓬島月窟與花期要同向人間不老拈枝弄蕋此樂幾時窮一歲裏一番新莫與蟠桃道

水調歌頭 重陽

江水浸雲影鴻雁欲南飛攜壺結客何處空翠渺煙霏塵世難逢一笑況有紫萸黃菊須插滿頭歸風景今朝是身世昔人非 酬佳節須酩酊莫相違人生如寄何用辛苦怨斜暉無盡今來古往幾許春花秋月那更有

危機問取牛山客何事獨沾衣

踏莎行 木犀

弄影欄杆吹香巖谷風亭㸌作黃金屋未須收拾入黨爐熜前細把離騷讀　奴僕葵花兒曹黃菊一秋風味淒涼足旁邉只少箇嫦娥分明勝在蟾宮宿

臨江仙 初秋

獵獵風蒲初暑過蕭然庭户秋清野航渡口帶煙橫晚山千萬疊别鶴兩三聲　秋水芙蓉聊蕩槳一樽同破

愁城蓼花灘上白鷗明暮雲連極浦急雨暗長汀

醉落魄 秋夜感懷

傷離恨別愁腸又似丁香結不應斗頓音書絶煙水連天何處認紅葉 殘更數盡銀釭滅邊城畫角聲嗚咽羅衾淚滴相思血花影移來摇碎半牕月

好事近 秋殘

初過菊花天餞送月宫仙客丹桂拒霜濃淡映眉間黄色 紅裙歌夜飲離腸努力赴勍敵惟願捷書來到道

一聲都得

菩薩蠻 七夕

綺樓小小穿針女秋光點點蛛絲雨今夕是何宵龍車烏鵲橋 經年謀一笑豈解令人巧不用問如何人間巧更多

卜算子 秋深

涼夜竹堂空小睡匆匆醒庭院無人月上堦滿地欄杆影 何處最知秋風在梧桐井夜半轆轤聲弄玉笙露溼

衣裳冷

點絳唇

蓼岸西風小舟江上漁歌唱倚欄凝想羃羃雲垂帳

好事因循寂寞閒惆悵如何向又來心上空向高亭望

好事近 晚秋

淅淅蓼花風怪道曉來淒惻翻見密雲拋雨動一山秋

色　從前多感爲傷時無處頓然寂箇事已寒前約秪

晚陰凝碧

思越人 向刻品令非 秋日感懷

情難托離愁重悄愁沒處安著那堪更一葉知秋天色兒漸冷落　馬上征衫頻揾淚一半斑斑汚却别來為憶叮嚀話空贏得瘦如削

小重山 秋雨

一夜西風響翠條碧紗牕外雨長涼飈潮來緑漲水平橋添清景疎雨韻入芭蕉　坐久篆煙銷多情人去後信音遥即令消瘦沈郎腰悲秋切虛度可人宵

采桑子 岩桂

去年岩桂花香裏著意非常月在東廂酒與繁華一色黄　今年盃酒流連處銀燭交光往事難忘待把真誠問阿郎

朝中措 曾端行予與之往還一日作樓于南山仙源醉賞酒中作詞書于壁坐前數妓乞詞而歌以勸大白因有所感再和前韵 秋景

柳林冪冪暮煙斜秋水淺平沙樓外碧天無際紫山斷處横霞　星稀漸覺東簷隱月涼到窗紗多少傷懷往

事隔溪燈火家人

又和

征帆一縷轉彎斜鷺鷥起汀沙點點隨風送上滿江飛破殘霞　樓前光景樓心紅粉蟬翼輕紗却憶錢塘江上曲欄横檻他家

洞仙歌東園朱去年三兄弟同處十年俱取鄉薦故余與之為莫逆交園有岩桂數畝至秋日花開月滿攜壺來賞如到廣寒宮殿因賦此

廣寒宮殿不在人間世分付天香與岩桂向西風揺曳

處數十里知聞金翠裏別有出羣標致　東園盛事五畝濃陰芘必以詩書取榮貴況一門三秀才未足欽崇那更是異姓同居兄弟更細把繁英祝姮娥看禹浪飛騰定應來歲

似娘兒或刻青杏兒　殘秋

橘緑與棖黄近小春已過重陽晚來一霎霏微雨單衣漸覺西風冷也無限情傷　孤館最淒涼天色兒苦恓惶離愁一枕燈殘後睚不是行行坐坐月在迴廊

蝶戀花 深秋

一夢十年勞憶記社燕賓鴻來去何容易宿酒半醒便午睡芭蕉葉映紗牕翠　襯粉泥書雙合字鸞凰鴛鴦總是雙雙意已作吹簫長久計鴛衾恐有中宵淚

夜行船 送胡彥直歸槐溪

淚眼江頭看錦樹別離又還秋暮細水浮浮輕風冉冉穩送扁舟去　歸去江山應得助新詩定須多賦有雁南來槐溪千萬寄我驚人句

清平樂 秋暮

鴻來燕去又是秋光暮冉冉流年嗟暗度這心事還無據　寒牕露冷風清旅魂幽夢頻驚何日利名俱賽為予笑下愁城

又

秋容眼界隨寓渾堪愛遠岫連天橫淡靄望斷孤鴻飛外　夕陽紅樹林坰重重錦障橫陳一段江南景色倩誰為下丹青

一剪梅 秋雨感悲

霽靄迷空曉未收羈館殘燈永夜悲秋梧桐葉下三更雨別是人間一段愁　睡又不成夢又休多愁多病當甚風流真情一點苦縈人纔下眉尖恰上心頭

南歌子 道中值重九

此日知何日他鄉憶故鄉亂山深處過重陽走馬吹花無復少年狂　黃菊擎枝重紅茱溼露香扁舟隨雁過瀟湘遙想萊庭應恨不同觴

醉花陰 建康重九

老去悲秋人轉瘦更異鄉重九人意自凄凉秖有茱萸

歲歲香依舊　登高無奈空搔首落照歸鴉後六代舊

江山滿眼興亡一洗黄花酒

菩薩蠻 秋雨舩中

西風轉柂蒹葭浦客愁生怕秋闌雨衾冷夢魂驚聲聲

滴到明　不眠欹枕聽故故添新恨新恨有誰知天寒

雁正稀

又 秋老 江行

炊煙一點孤村逈嬌雲斂盡天容淨雁字忽橫秋秋江瀉客愁　銀鈎空寄恨恨滿憑誰問袖手立西風舟行秋色中

浣溪沙 早秋

雨滴梧桐點點愁冷催秋色上簾鈎蛩聲何事早知秋一夜涼風驚去燕滿川晴漲漾輕鷗懷人千里思悠悠

惜香樂府卷五

惜香樂府卷六

宋 趙長卿 撰

冬景

滿庭芳 十月念六日天雪作此呈社人

晚色沉沉，雨聲寂寞，夜寒初凍雲頭。曉來堦砌，一麵冷光浮。目斷江天靄靄，低迷映、緑竹修修。多才客，高吟柳絮，還更上層樓。　烹茶新試水，人間清楚，物外遨遊。勝

似他銷金暎帳情柔細看流風廻舞終日價淺酌輕謳
醺醺地美人翻曲消盡古今愁

御街行　夜雨

晩來無奈傷心處見紅葉隨風舞解鞍還向亂山深黄昏後不成情緒先來離恨打疊不下天氣還淒楚　風兒住後雲來去裝撰些兒雨無眠托首對孤燈好語向誰分付從來煩惱𡁻得膽碎此度難擔負

有有令　歲殘

前山減翠疎竹度輕風日移金影碎還又年華莫看看是新春至郵更堪有個人人似花似玉温柔伶俐準擬恩情忺戲拈弄上則人難比我也埋根豎柱你也爭些氣大家一捺頭地美中更美廝守定共伊百歲

一剪梅或刻擬破醜奴兒梅詞

樹頭紅葉飛都盡景物淒涼秀出羣芳又見江梅淺淡粧也囉真個是可人香　蘭魂蕙魄應羞死獨占風光夢斷高堂月送疎枝過女牆也囉真個是可人香

臨江仙 日莫舟中月明寒甚憶煐春圍爐

日欲低時江景好莫山紫翠重重釣筒收盡碧潭空一船霜夜月兩岸荻花風　遥憶煐春新向火黃昏下了簾櫳水村漁浦艤孤篷單衾愁夢斷無夢轉愁濃

南歌子 夜坐

霜結凝寒夜星輝識曉晴蘭膏重剔且教明為照梢頭香縷一絲輕　坐久看看困新詞綴未成梅花黨得酒初醒更向耳邊低道月三更

永遇樂 霜詞

宵露珠零，濺氷花薄凝瑞，偏早月練輕翻，風刀碎剪青女，呈纖巧，微丹楓纈，低摧蕉尾，不覺半池蓮倒。最好是千林橘柚，輕黃一村封了。佳人指冷，暗驚羅幙一夜斜飛多少。怕倚銀屏，愁看玉砌，金菊鮮鮮曉。傷嗟傅粉佳期還未，何處冷沾衣透。爭知人臨鸞試罷，與梅共瘦。

玉蝴蝶 雪詞

片片空中剪水，巧粧春色照耀，江湖漸覺，花毬轉柳，菸陣飛榆散銀盃時時逐烏翻縞帶一一隨車徧簾隅寒生氷筋光剖明珠　應須潑斟低唱鐘垂紅帳獸爇金爐更向高樓縱觀吟醉謝娘扶靜時聞竹聲嵒谷漫不見禽影江湖儘躊躇歌闌寶玉賦就相如

瀟湘夜雨 燈詞

斜點銀釭高擎蓮炬夜寒不奈微風重重簾幙掩堂中香漸遠長煙裊穟光不定寒影搖紅偏奇處當庭月暗吐焰如虹　紅裳呈豔麗娥一見無奈狂蹤試煩他纖

手捲上紗籠開正好銀花照夜堆不盡金粟凝空叮嚀語頻將好事來報主人公

念奴嬌 夜寒有感

據爐肅坐聽瓶笙别有天然宫徵紙帳屏山渾不俗寫出江南煙水蘖短燈青灰閒香軟所欠惟梅矣風飛無定數聲時顫窗紙 試問夜已何其呼童起看月上東牆未天外忽聞征雁過還把音書來寄短笠埋煙輕蓑鳴雨已辦征船計放教歸去故鄉江上魚美

似娘兒向刻攤破醜奴兒誤 冬日有感

又是兩分攜顦顇損看怎醫治煙村一帶寒江遠悲風紅葉殘陽莫草還似年時 愁緒暗猶更謾屈指數遍歸期短檠燈燼無人問此時只有窗前素月剛伴相思

柳梢青 過何郎石見早梅

雲暗天低楓林凋翠寒雁聲悲茆店兒前竹籬笆後初見橫枝 盈盈粉面香肌記月榭當年見伊有恨難傳無腸可斷立馬多時

祝英臺近 武陵寄煥紅諸院

記臨歧銷黯處離恨慘歌舞恰是江梅開遍小春莫斷腸一曲金衣兩行玉筯酒闌後欲行難去 惡情緒因念錦幄香奩別來負情素冷落深閨知解怨人否料應寶瑟慵彈露華嬾傳對鸞鏡終朝凝竚

點絳唇 夜飲青雲樓聞更漏近如在脚底因思向事追念故作

瓦濕鴛鴦夜深霜重江風冷月華明映清浸梅梢粉

漏斷寒濃惹起當年恨君休問雁飛欲盡沒個南來信

又

當日相逢枕衾清夜紗窗冷翠眉低映汗濕香腮粉

美滿風情結下無窮恨憑誰問此心難盡說與他爭信

又 對景有感

雪霽山横翠濤擁起千重恨砌成愁悶郵更梅花褪

鳳管雲笙無不縈方寸叮嚀問淚痕羞搵界破香腮粉

柳梢青 東園醉作梅詞

千林落葉聲聲悽慘江皐雁飛難似玉肌總驚花貌壓

倒芳菲　香心吐盡因誰料調鼎工夫易期休唱陽關

莫歌白雪雨淚沾衣

西江月　雪江見紅梅對酒

背日猶餘殘雪向陽初綻紅梅臘寒那事更相宜醉了

還醒又醉　堪笑多愁早老管他閒是閒非對花酌酒

兩忘機唱個哩賸囉哩

別怨媚　霜夜對月

一鈎新月照西樓清夜思悠悠那堪更被征鴻嘹唳絆

惹離愁 倚欄不語情如醉都總寄眉頭從前只爲惜他伶俐舉措風流

別怨 霜寒

嬌馬頻嘶曉霜濃寒色侵衣鳳帷私語處翻成離怨不勝悲更與叮嚀祝後期 素約諧心事重來了比看相思如何見得明年春事濃時穩棄金騣裊來爛醉玉東西

減字木蘭花 冬日飲別 趙德遠

小春天氣未唱陽關心已醉紅蓼秋容後會何時得再逢　歸期好事仰看皇州揚雨露百里恩波擬欲留公無奈何

好事近 餞趙知丞席上作

去路馬蹄輕正是小春時節愛日煖烘江樹綴梅梢新雪　范滂攬轡正澄清知我公明潔分此仁風愷悌濟鄰邦歡悦

霜天曉角 霜夜小酌

閣兒幽靜處圍爐面小窗好是鬬頭兒坐梅煙炷返魂香　對火怯夜冷猛飲消漏長飲罷且收拾睡斜月照滿簾霜

鷓鴣天 臘夜

寶篆龍煤燒欲殘細聽銅漏已更闌紗窗斜月移梅影特地籠燈仔細看　幽夢斷舊盟寒那時屈曲小屏山風光得似而今不肯把花枝作等閒

驀山溪 和曹元寵賦梅韻

玉妃整佩絳節參差御一笑喚春回正江南天寒歲莫孤標獨立占斷世間香雲屋冷雪籬深長記西湖路人間塵土不是留花處羌管一聲催碎瓊瑤紛紛似雨枝頭著子聊與世調羹功就後盡歸休還記來時不

浣溪沙 賦梅

雪壓前邨曲徑迷萬山寒立玉參差孤舟獨釣一蓑歸別塢時聽風折竹斷橋閒看水流澌一枝凍蕊出疎籬

又 初冬

風捲霜林葉葉飛雁橫寒影一行低淡煙衰草不勝詩

白酒已篘浮蟻熟黃雞未老藁頭肥問儂不醉待何

時

又 臈梅

憶爲梅花醉不醒斷橋流水去無聲鷺翹沙嘴亦多情

疎影臥波波不動暗香浮月月微明高樓羌管未須

橫

點絳唇 月夜

離緒千重角聲偏著羇人枕 那堪酒醒 勾引愁難整
門鎖黃昏月浸梅花冷人初靜斗垂天迥雁落清江影

鷓鴣天 霜夜

門外寒江泊小船月明留客小窗前夜香燒盡更聲遠
斗帳低垂煗意生 醺著酒炙些燈伴他針線 嬾成眠
情知今夜鴛鴦夢不似孤篷宿雁邊

望江南 霜天有感

山又水雲岫插峰巒斷雁飛時霜月冷亂鴉啼處日啣山疑在畫圖間　金烏轉遊子損朱顏別淚盈襟雙袖濕春心不放兩眉閒此去幾時還

玉樓春 臘月

尋真誤入桃源洞草草幽歡聊與共牢櫳風月此時情做造溪山今夜夢　柳條未放金絲弄梅蕚已經霜雪凍新來愁恨重如山不信馬兒駝得動

鵲橋仙 寒梅

溪清水淺霜明月淡玉破梅梢未遍寒枝纖瘦乃如無

但空裏飛花數片　棄風欲去凌波難駐惟見紅愁粉

怨夜深青女濕霓裳暗香在廣寒宮殿

菩薩蠻　初冬旅思

楓林颯颯凋寒葉汀蘋敗蓼遥相接景物已非秋淒涼

動客愁　還家貧亦好肯厭盃中草香飯滑流匙三登

快樂時

又　霜天旅思

霜風颯颯溪山碧寒波一望傷行色荒日淡荒村人家半掩門　孤舟移野渡古木棲鴉聚著雨晚風酸貂裘不奈寒

又初冬

敗荷倒盡芙蓉老寒光黯淡迷衰草行客易銷魂笛飛何處村　雲寒天借碧樹瘦煙籠直若個是鄉關夕陽西去山

阮郎歸客中見梅

年年爲客遍天涯夢遲歸路賒無端星月浸窗紗一枝寒影斜　腸未斷鬢先華新來瘦轉加角聲吹徹小梅花夜長人憶家

霜天曉角　詠梅

香來不歇誰把南枝折的皪疎花初破都因是夜來雪　清絶十分絶孤標難細説獨立野塘清淺誰作伴空夜月

又　和梅

雪花飛歇好向前村折行至斷橋斜處寒蕋瘦不禁雪韻絶香更絶歸來人共説最愛夜堂深迥疎影占半窗月

菩薩蠻 旅中初冬

客帆卸盡風初定夜空霜落吴江冷幸自不思歸無端鳥夜啼 雞鳴殘月落到枕秋聲惡有酒不須斟酒深愁轉深

憶秦娥 初冬

寒蕭索征鴻過盡離懷惡離懷惡江空天逈夜寒楓落有人應誤刀頭約情深翻恨郎情薄郎情薄夢回長是半床閒却

如夢令 漢上晚步

何處一聲嗚艣驚起滿川寒鷺一著畫難成雪霽亂山無數且住且住數遍溪南煙樹

惜香樂府卷六

惜香樂府卷七

宋 趙長卿 撰

總詞

水龍吟

仙源居士有武林之行因與一二友携酒賞月飲于縣橋之中乃即事爲之詞

危樓横枕清江上兩岸碧山如畫夕煙冪冪晚燈點點樓臺新夜明月當天白沙流水冷光連野浸欄干萬頃琉璃軟皺打漁艇相高下　何處一聲羌管是誰家倚

樓人也多情對景無言有恨欲歌還罷把酒臨筵阿誰
知我此懷難寫忍思量後夜芳容不似暗塵隨馬

水調歌頭 元日客寧都

離愁晚如織托酒與消磨奈何酒薄愁重越醉越愁多
忍對碧天好夜皓月流光無際光影轉庭柯有恨空垂
淚無語但悲歌　因凝想從別後促雙蛾春來底事孤
負紫袖與江鞸速整雕鞍歸去著意淺斟低唱細看小
婆娑萬蕊千花裏一任玉顏酡

水龍吟

江樓席上歌姬盼盼翠鬟侑樽酒行彈琵琶曲舞梁州醉語贈之

酒潮勻頰雙眸溜美映遠山橫秀風流俊雅嬌癡體態眼前稀有蓮步彎彎移歸拍裏凌波難偶對仙源醉眼玉纖籠巧撥新聲魚紋皺　我自多情多病對人前只推傷酒瞞他不得詩情嬾倦沈腰銷瘦多謝東君慇勤知我曲翻紅袖擠來朝又是扶頭不起江樓知不

念奴嬌

小飲江亭有作

夕陽低盡望楚天空闊稀星簾幙莫露橫江煙萬縷照

水參差樓閣兩兩三三樓前歸鷺飛過欄干角霜風何事遶檐吹動寂莫　消散我已忘機而今百念灰了心頭火對酒當歌渾冷淡一任他瀟㵸惡松竹園林柳梧庭院自有人間樂閒雲休問去來本是無著

水調歌頭 遣懷

貪癡無了日人事沒休期白駒過隙百歲能得幾多時自古腰金結綬著意經營辛苦回首不勝悲名未能安穩身已致傾危　空剜刻休巧詐莫心欺須知天定只

見高塚與新碑我已從頭識破嬴得當歌臨酒歡笑且隨宜較甚榮和辱爭甚是和非

水龍吟 自遣

嘅曾著意斟量過天下事無窮盡貪榮貪富朝思夕計空勞方寸躡足封王功名蓋世誰知韓信更堆金積玉石崇豪侈當時望傾西晉　長樂宫中一嘆又何須縲懸印吹樓效死輕車東市頭膏血刃尤物虛名於身何補一齊休問遇當歌臨酒舒眉展眼且隨緣分

驀山溪 午坐壺天氷雪風傳琵琶有感而作

壺天氷雪消盡虛堂暑多謝故人回風送花香傳小樹香風初過一曲斷腸聲如怨訴訴閒愁落落琵琶語江邊馬上彈指成千古淚眼與啼粧嘆風流只今何處芳心從損觸事起悲酸掐玉素撥檀槽整理金衣縷

念奴嬌 席上即事

精神俊雅更郎堪天與風流標格羅綺叢中偏豔冶偷處教人憐惜目剪秋波指纖春笋新樣冠兒直高唐雲

雨甚人有分消得　忔戲笑裏含羞回眸低盼此意誰
能識客約幽歡空悵望何日能諧端的玳席歌餘蘭堂
香散此際愁如織人歸空對晚隂庭樹横碧

瑞鶴仙 歸寧都因成寄暎香諸院

無言屈指也算年年底事長爲旅也栖惶受盡也把良
辰美景總成虚也自嗟嘆也這情懷如何訴也謾愁明
怕暗單栖獨宿怎生禁也　閒也有時臨鏡漸覺形容
日銷減也光陰換也空辜負少年也念仙源深處暎香

小院羸得羣花怨也是戲他見了多教罵幾句也

驀山溪　遣懷

無非無是好個閒居士衣食不求人又識得三文兩字不貪不偽一味樂天真三徑裏四時花隨分堪遊戲學些沓拖也似沒意志詩酒度流年熟諳得無爭三昧風流歧路成敗霎時間你富貴你榮華我自關門睡

青玉案　德遠歸越因作此餞行

東門楊柳空盈路繫得征鞍能駐不暗綠枝頭新過雨

柔絲千尺乳鶯百囀似怨行人去　行人去後知何處去向天邊遶鵷鷺瑶管瓊臺多雅趣花磚穩上玉堦闊步肯念人塵土

虞美人 江鄉對景

雨聲破曉催行槳拍拍溪流長緑楊遶岸水痕斜恰似畫橋西畔郵人家　人家樓閣臨江渚應是停歌舞珠簾整日不閒鈎目斷征帆猶未識歸舟

又 送別

燈前忽見啼紅面別酒頻斟勸愁蛾斂翠不勝情報道看看天色待平明　慇勤重把陽關唱休要教人望出門猶自尚叮嚀厮養頻催恰好趁涼行

臨江仙 楊柳

十里春風楊柳路年年帶雨披雲柔條萬縷不勝情還將無意眼識遍有心人　餞損宮腰終不似効顰總是難成只愁秋色入高林殘蟬和落葉此際不堪論

漁家傲 旅中遠思

客裏情懷誰可表淒涼舉目知多少强飲强歌還强笑
心悄悄從頭徹底思量了　當日相逢非草草果然恩
愛成煩惱穩整征鞍歸去好重厮守相期待與同偕老

江神子　述懷

當時得意兩心齊綺窗西共于飛拂掠宫粧長與畫新
眉一自别來煙水闊愁易積夢還稀　相逢却似舊家
時恨依依語低低多少關情冷煖有誰知只此定應諧
素願但指日約鸞棲

御街行 柯山故人别後歧圖因作此

香篝斗帳相逢乍正宮漏沈沈夜月飛梅影上簾櫳標致風流嬌雅眼波横浸照人百媚無限叮嚀語　玉鞍門上嘶歸馬趲行色難留也别來花豔不禁春浪向東風輕嫁空餘小院博山修竹依舊窗兒下

一叢花 和張子野

當歌臨酒恨難窮酒不似愁濃風帆正起歸與岸西東芳草漫茸茸楚夢乍回吳音初聽誰念我孤蹤　藏春

小院煗融融眼色與心通烏雲有意重梳掠便安排金屋房櫳雲雨厚因鴛鴦宿債作個好家風

天仙子 寓意

眼色媚人嬌欲度行盡巫陽雲又雨花時還復見芳姿情幾許愁何許莫向耳邊傳好語 往事悠悠曾記否忍聽黄鸝啼錦樹啼聲驚碎百花心分付與誰為主落蕋飛紅知甚處

瑞鷓鴣 遣情

寶篋常見曉粧時面藥香融傅口脂㩎㩎親曾撩綠鬢

纖纖巧與畫新眉　濃歡已散西風遠憶淚無多為你

垂各自從今好消遣莫將紅葉浪題詩

又寓意

結絲千緒不勝愁莫怪安仁鬢早秋檀口未歌先揾淚

柳眉將斂半凝羞　盃傾瀲灩送行酒岸艤飄飄欲去

舟待得名登天府後歸來茱萸映釵頭

行香子馬上有感

驕馬花驄柳陌經從小春天十里和風箇人家住曲巷牆東好軒窗好體面好儀容　燭灺歌慵斜月朦朧夜新寒斗帳香濃夢回畫角雲雨匆匆恨相逢恨分散恨情鍾

夜行船 詠美人

龜甲爐煙輕裊簾櫳靜乳鶯啼曉拂掠新粧時宜頭面繡草冠兒小　衫子揉藍初著了身材稱就中恰好手撚雙紈菱花重照帶朶宜男艸

採桑子 寓意

疎簾乍捲孜孜看，氷玉精神，體白停勻，端的于人不薄情。　更無背約和憔燥，各表真誠，纔得相親，切莫分張向別人。

蝶戀花 登樓晚望聞歌聲清婉而作

閣上西樓供遠望，一曲新聲，巧媚誰家唱。獨倚危欄聽半餉，長江快瀉澄無浪。　清淚恰同春水漲，拭盡重流，觸事如何向。不覺黃昏燈已上，舊愁還是新愁樣。

又

天淨姮娥初整駕桂魄蟾輝來趂清和夜費盡丹青無計畫纖纖側向踈桐挂　人在扶踈桐影下耳畔輕輕細說家常話年少難留應不借未歌先咽歌還罷

又　寧都半歲歸家欲别去而意終不決也

葉底蜂衙催日晚向晚匀粧巧畫宮眉淺翠幙無風香自遠金船酌酒須教滿　未說别離魂已斷雨幌雲屏只恐良宵短心事不隨飛絮亂宦情肯把恩情換

鷓鴣天　晨起忽見大鏡觀物思人有感而作

睡覺扶頭聽曉鐘。隔簾花霧濕香紅。翠搖鈿砌梧桐影，暝透羅襦芍藥風。　閒對影，記曾逢。畫眉臨鏡靨時同。相思已有無窮恨，忍見孤鸞宿鏡中。

又　月夜諸院飲酒行令

寶篆煙消香已殘。嬋娟月色浸欄干。歌喉不作尋常唱，酒令從他各自還。　傳盃手，莫教閒。醉紅潮臉媚酡顏。相攜共學驂鸞侶，卻笑盧郎舊約寒。

又

暇日泛舟遊客有嘆居士髮白者未竟忽見臨江倚樓人因思向來有感作此

綠水澄江得勝遊浪平風軟稱輕舟樽前我易傷前事柳外人誰獨倚樓　空感慨惜風流風流贏得謾多愁愁多著甚銷磨得莫怪安仁鬢早秋

又

偶有鱗翼之便書以寄文卿

一曲清歌金縷衣巧佼心事有誰知自從別後難相見空解題紅寄好詩　憶攜手過指墀月籠花影半明時玉釵頭上輕輕顫搖落釵頭荳蔻枝

眼兒媚 東院適人乞詞醉中書于裙帶三首

人隨社節去匆匆此恨幾時窮陽臺寂寞巫山凄慘雲雨成空　芭蕉密處窗兒下冷落舊香中黃昏靜也蛩聲滿院明月清風

又

槐陰密處囀黃鸝午日正長時一番過雨綠荷池面冷浸琉璃　紅塵不致華堂裏纖楚對蛾眉笑偎人道新詞覓個美底腔兒

又

當年策馬過錢塘曲徑小平康繁紅釅白嬌鬭咤燕爭

喚何郎　而今又客東風裏渾不似尋常只愁別後月

房雲洞啼損紅粧

臨江仙　笙妓夢雲對居士忽有剪髮齊眉修道之語

蕋嫩花房無限好東風一樣春工百年歡笑酒樽同笙

吹雛鳳語裙染石榴紅　且向五雲深處住錦衾繡幌

從容如何即是出樊籠蓬萊人少到雲雨事難窮

又予買一妾稍慧教之寫東坡字半年又工唱東坡詞命名文卿元約三年文卿不忍捨主厭母不容與議堅索之去今失于一農夫常常寄聲或片紙數字問訊仙源有感遂勉和其韻

破靨盈盈巧笑舉盃灧灧迎逢慧心端有謝娘風燭花香霧嬌困面微紅　別恨綵箋雖寄清歌淺酌難同夢回楚館雨雲空相思春莫愁滿綠蕪中

又夜坐更深燭盡月明飲興未闌再酌命諸姬唱一詞

夜久笙簫吹徹更深星斗還稀醉拈裙帶寫新詩鎖窗風露燭灺月明時　水調悠揚聲美幽情彼此心知古

香煙斷縩雲歸滿傾蕉葉齊唱傳花枝

惜奴嬌 賦水仙花

洛浦嬌魂怨得到人間少把風流分付花貌六出精神

臈寒射香試到清秀與江梅爭相先後 簷蔔麗疎𢛯

似妖嬈體調比山樊也應錯道最是慇勤捧出金盞銀

臺撋了仙源與奇葩醉倒

惜香樂府卷七

惜香樂府卷八

宋　趙長卿　撰

總詞

水龍吟

無情風掠芭蕉響還是重門已閉銀缸獨對相思方切教人怎睡解嘆從前事解嘆了依前斃氣想他家那裏知人饋頞想應是睡也未　且恁和衣強寢奈無寐依

前重起起來思想當初與你忒煞容易及至而今也半頭天眼不存不濟最消魂苦是黄昏前後冷清清地

水調歌頭 賞月

把酒相勞苦月色耀天章氷輪碾破寒碧飛入酒樽涼擊節詞人妙句吸此清輝萬丈肺腑亦生光攬袂欲仙舉逸興共天長　日邊客幞中俊坐間狂浩歌清嘯恍然雲海渺茫茫喚醒謫仙蘇二何事常愁客少更恐被雲妨月與人長好廣大醉為鄉

水龍吟雲詞

先來天與精神更因麗景添殊態拖輕冉冉繞凝一段還分五綵畢竟非煙有時為雨惹情無奈道無心怎被歌聲遏斷遲遲向青天外　宜伴先生醉臥得饒到和山須買也曾惱殺襄王誰道依前不會我欲棄歸去翻悵恨帝鄉何在念佳期未展天長莫合儘空相對

訴衷情

花前月下會鴛鴦分散兩情傷臨行祝付真意臂間皓

薔留香　還雯毒又何妨儘成瘡瘡兒可後痕兒見在
見後思量

滿江紅

懊惱平生奈天賦恩情太薄二三歲看伊受盡眼尖眉
角記得當初低耳畔是誰先有手飛約惟到今剗地誤
盟言還先惡　天眼見人難度天易感人難托人心險
天又怎生捉摸莫問傍人非與是手兒但把心兒托便
不成厮守許多時乾休却

賀新郎

負你千行淚大都來一寸心兒萬般縈繫似怎愁煩郎裏消故自三年二歲為你後甘心顛頹終待說山盟海誓這恩情到此非容易捹做個久長計　緊要事須評議怕人人驀地知時怎生處置毒害心腸衹知是怕你生煩到底便莫待將人輕棄不是我多疑你被傍人賺後失圈圚經一事長一智

好事近

喜事擁門闌光動綺羅香陌行到紫薇花下悟身非凡客　不須朱粉汗天真嫌怕太經白留取黛眉淺處畫章臺春色

眼兒媚

連滄危觀莫江前幾醉使君筵少年俊氣曾將吟筆買斷江天　重來細把朋遊數回首一辛酸蘭城已老文園多病負此江山

簇水

長憶當初是他見我心先有一鈎纔下便引得魚兒開口好事重門深院寂莫黄昏後厮覷著一面兒酒　試攔就便把我得人意處閔子裏施纖手雲情雨意似十二巫山舊更向枕前言約許我長相守歡人也猶自眉頭皺

青杏兒 舊刻攤破醜奴兒非

最苦是離愁行坐裏只在心頭待要作個巫山夢孤衾展轉無眠到曉和夢都休　夢裏也無由誰敢望真個

綢繆暫時不見渾閒事只愁柳絮楊花自來擺蕩難留

更漏子

燭消紅窗送白冷落一衾寒色鴉喚起馬跑行月來衣上明　酒香唇粧印臂憶共個人人睡魂蝶亂夢鸞孤知他睡也未

浣溪沙

一味風流一味香十分濃豔十分粧自然嬌態自然芳樓上好風樓下水雪前欄檻竹前窗也宜單著也宜

雙

又

惻惻笙竽萬籟風陽關疊遍酒尊空相逢草草别匆匆

滿眼淚珠和雨灑一襟愁緒抵秋濃相思今夜五雲

東

漢宫春

講柳談花我從來口快歡説他家眼前見了無限楚女

吴姬千停萬穩較量來終不如他便做得宫儀院體歌

談不帶煙花　從前萬事堪誇愛拈牋弄管錦字款斜新來與人臑著不許胡巴嚎懣謾惹料福緣淺似地些些誰爲傳詩遞曲慇懃題上窗紗

雨中花慢

帊子分香羅巾拭淚別來時未覓悽惶上得船兒來了剗地淒涼可惜花前月裏却成水遠山長做成恩愛如今嬴得萬里千鄉　情知這場寂莫不干你事傷我竆忙不道是久長活路終要稱量我則匆匆歸去知你且

種種隨娘下梢睚徹有時共你風光

柳梢青

小窗閒適雲髻䙰香肩肌偎膝玉扃無塵明瓊欲碎春纖同擲不爭百萬呼盧賭今夜鴛帷痛惜好忍馬兒若還輸了當甚則劇

玉團兒

鉛華淡竚新粧束好風韻天然異俗彼此知名雖然初見情分先熟爐煙淡淡雲屏曲睡半醒生香透肉賴

得相逢若還虛度生世不足

南歌子

梅蕚和霜曉梨花帶雪春玉肌瓊豔本無塵肯把鉛華容易污天真　湯餅甞初罷羅巾拭轉新幾回貪要尖黄昏月裏歸來無處覔精神

臨江仙

人在夢雲樓上别殘燈影裏遲留依稀綠慘更紅羞露痕雙臉濕山樣兩眉愁　幾幅片帆天際去雲濤煙浪

悠悠今宵獨立古江頭水腥魚菜市風碎花花舟

鷓鴣天

只有梅花似玉容雪窗月户幾尊同見來怨眼明秋水

欲去愁眉淡遠峰　山萬疊水千重一雙蝴蝶夢能通

都將淚作黄梅雨盡把情為柳絮風

又

小院深明别有天花能笑語柳能眠雪肌得酒于中暎

蓮步凌波分外妍　釵燕重髻荷偏兩山斜叠翠連娟

朝雲無限矜春態莫雨情知更可憐

浣溪沙

畫角聲沈捲莫霞寒生促索錦屛遮沈檀半爇鬢堆鴉
蝴蝶夢回餘燭影子規啼處隔窗紗夜深明月浸梨
花

浪淘沙

簾捲露花容幾度相逢他知我意欲相通偏奈天教多
阻間積恨何窮　雲雨杳無蹤愁怕東風時聞語笑忩

歡濃惟有俺咱真分淺往事成空

眼兒媚 始與官妓往來中道相棄遂以小字刺于眉間故作此詞

雲間藏一點飛鴉休把翠鈿遮二年三歲千撋百就今日天涯 奴今有似風前絮飛入那人家你還下得除非睡起不照菱花

如夢令

竹外半窺嬌面真個出塵體段沒處可偷怜空恁眼穿腸斷 休戀休戀只是與伊分淺

浣溪沙

閒理絲簧聽好音 西樓剪燭夜深深 半嗔半喜此時心 煗語温存無恙語 韻閒香靨笑吟吟 吟別來煩惱到如今

減字木蘭花

陽關唱徹 斷盡離腸聲哽咽 酒已三巡 今夜王孫是路人 此情難說 莫負等閒風與月 欲問歸期 來戴釵頭艾虎兒

又

半窗斜月茆店蕭條燈已滅床下蛩聲聲動凄涼不可聽　終宵無寐覆去翻來真箇是屈指歸期應是梅花爛漫時

夜行船　送胡彥直歸郡醉中作

短棹輕舟排辦了歌聲斷晚霞殘照紅蓼坡頭綠楊堤外離恨知多少　別後莫教音信杳嘆光陰自來堪笑晝角譙門槐溪歸路正是楚天曉

眼兒媚

玉樓初見念奴嬌無處不妖嬈眼傳密意樽前燭外怎不魂消　西風明月相逢夜枕簟正涼宵殢人記得叮嚀殘漏且慢明朝

品令

黄昏時候誚不語心如醉無眠凝想别來繡閣多應顦顇上了燈兒知是睡哩坐哩　驀思歸計又還是重屈指從今已後睽離千萬且休容易這底恓惶你看是誰

不是

柳梢青

甜言軟語長記鄉時蕭娘叮囑清瓷危綻前歡難繼鱗鴻無據　紛紛眼底浮花拈弄動幾多思慮千結丁香且須珍重休胡分付

浣溪沙

金獸噴香瑞靄分夜涼如水酒醺醺照人嬌眼媚生春　我自愁多魂已斷不禁楚雨帶巫雲人情又是一番

新

又

坐看銷金煗帳中羔兒酒美獸煤紅潑斟低唱好家風

愛客東君多解事晚粧新與畫眉峰便須催喚出房

櫳

又

堆枕冠兒翡翠叙裳金領子滿絣韈手中沈淨好情懷

新浴晚涼梳洗罷半嬌微笑下堂來蓮花因甚未曾

開

臨江仙

天外濃雲雲外雨雨聲初上檐牙紅蕖應褪洗粧花晚涼如有意霤霤到山家　爲喚山童多索酒金鍾細酌流霞暈生玉頰酒潮斜閒中無寵辱醉裏是生涯

夜行船 送張希舜歸南城

緑蓋紅幢籠碧水魚跳處浪痕勻碎惜别慇勤留連無計歌聲與淚和柔脆一葉扁舟煙浪裏曲灘頭此情無

際窈窕眉山莫霞紅處雨雲想翠峰十二

浪淘沙

窈窕繡幃深窈窕娉婷梅花初試晚粧新郎更嬌癡年紀小氷雪精神　舉措忒輕盈歌徹新聲柔腸魂斷不堪聽但恐巫山留不住飛作行雲

如夢令

居士年來嬾散凡事只從寛簡身外更無求祗要夏涼冬煗美滿美滿得過何須積攢

卜算子

十載仰高明一見心相許來日孤舟西水門風飽征帆腹　後夜起相思明月清江曲若見秋風寒雁來能寄音書否

眼兒媚

先來客路足傷悲那更話别離玉驄也解知人欲去驤首頻嘶　馬蹄動是三千里後會莫相違切須更把丁香珍重待我重期

惜香樂府卷八

惜香樂府卷九

宋 趙長卿 撰

總詞

南鄉子

楚楚窄衣裳腰身占却多少風光共說春來春去事淒涼嬾對菱花暈曉粧　閒立近紅芳遊蜂戲蝶悞採真香何事不歸巫峽去思量故來塵世斷人腸

又

月轉水晶盤樓上初聞一鼓殘又是去年天氣好欄干風動梅梢玉鬬寒　無奈壯情闌對酒如何欲強歡誰道破愁須仗酒君看看酒到愁多破亦難

謁金門 和德遠

燈乍滅忽見一天明月恰舞霓裳歌未歇露寒回絳闕　羽服明暉玉雪笑語輕綠環玦香澤惱人情不徹夜長窗自白

又 和宗人

傷離索猶記竝肩池閣多病起來閒倚薄一秋天氣惡

玉臂都寬金約歌舞新來忘却回首故人天一角半

江楓又落

一剪梅

紅藕香殘碧樹秋羞解羅襦倫上蘭舟雲中誰寄錦書

來雁字回時月滿西樓　花自飄零水自流一種相思

兩處閒愁酒醒夢斷數殘更舊恨前歡總上心頭

點絳唇

雲鬟宮鬟淡黃衫子輕香透晚涼時候睡起新粧就
氷枕生寒玉漫纖纖手沈吟久眉山斂秀愛道奴家瘦

又 舊刻此首後有浣溪沙二首是毛東堂作今俱删去

煙洗風梳司花先放江梅吐竹村沙路脉脉摇寒雨
醉魄吟魂無著清香處愁如縷繫春不住又折氷枝去

菩薩蠻

江城風火連三月不堪對酒江亭别休作斷腸聲老來

無淚傾　風高帆影疾目送舟痕碧錦字幾時來薰風無雁回

又

春山已蹙眉峰綠春心駘蕩難拘束惆悵爲春傷惜花心更狂　對花深有意且向花前醉花作有情香與人相久長

畫堂春

當時巧笑記相逢玉梅枝上　玲瓏酒盃流處已愁濃寒

雁橫空　去程無計更從容到歸來好事匆匆一時分付不言中此恨難窮

如夢令寄蔡堅老

居士年來病酒肉食百不宜口　蒲合與波稜更著同蒿葱韭親手親手分送卧龍詩友

又

别恨眉尖無數後夜王孫何處歌館與粧樓目斷行雲凝竚凝竚凝竚憶淚千行紅雨

菩薩蠻

隔江一帶春山好平林新緑春光老休去倚欄干飛紅一忍看　東流何處去便是歸舟路芳草外斜陽行人更斷腸

長相思

斂愁眉恨依依腸斷關情怨别離雲中過鴈悲　瘦因誰病因誰屈指無言忖後期此時人怎知

柳梢青

瀟灑仙源夭桃穠李曾對華筵歌媚鶯塵舞鸞低月滿勸金船　鑑湖煙水連天政歸棹紅粧鬬妍花霧香中人詢居士切莫多傳

賀生辰

好事近 賀德遠

不羨八千椿不羨三偷桃客也不羨他龜鶴一總為凡物　羨君恰似老人星長明無休息好與中興賢主立維城勛績

朝中措 上錢知府主管朱知録三首

南樓風物一番新春莫昇斯民豈但仁人愷弟更兼政事如神 人生最貴榮登五馬千里蒙恩祗恐促歸廊廟去思有脚陽春

又

文章學業繼家聲名譽壓羣英早歲掀騰膴仕如公富貴難并 定膺丹詔朱輪迅召陶冶蒼生自是鹽梅姿質佇看大手調羹

又

先生德行冠南豐錦繡作心胸暫屈徒勞州縣文章後
進宗工　督郵紀紀才高幕府雅望尤崇此去定膺光
寵且須滿醉西東

念奴嬌 上張南豐生日

桂華蟾魄到中秋祗有人間一六浩渺清風因喚起千
里吹飛鴻鵠碧落翻花瑶空隱瑞聲節琅玕筑板懷玉
燕此時嘉夢重育　始信石在丹臺曈方八百子已三

千熟麟脯靈瓜那更有瓊斝神仙醽醁秋水春山柳腰花面一醉霓裳曲長生清淨自然何用辟穀

好事近

江上一江樓樓上遠山横翠還更腰金騎鶴引竹西歌吹　壽君春酒遣雙壺滿引見深意肯向蘸荷香裏喚儂來同醉

又

剱水靄歡聲喜慶間生人傑一段葱葱佳氣扇熏風時

節　今朝銀艾佐琴堂爭把壽香勢去去鳳皇池上見龜巢蓮葉

柳長春　上董倅

梅喜先春雁驚未臘千門瑞氣浮周匝正當月應上絃時長庚夢與良辰合　螺水恩濃盰江德洽壽盃勸處燃紅蠟明年此際祝遐齡賀賓一一趨東閣

武陵春　上馬宰

又是新逢三五夜瑞氣靄氤氳萬點燈和月色新桃李

倍添春　花縣主人情思好行樂逐良辰滿引千鍾酒

又醇歌韻動梁塵

臨江仙　上祝丞

天祐炎圖生國瑞藍田暫屈英僚始知文宿降璇霄中

元前五日七夕後三朝　江斆風流臨此政少年瀟灑

奇標行看峻擢相熙朝功名前稷契壽算等松喬

喜遷鶯　上魏安撫

商颷輕透動簾幙飛梧亂飄庭甃瑞氣氤氳沈檀初爇

煙噴寶臺金獸黃花美酒天教占得先　他時候誕元老
慶有聲此夕降生華冑　歡笑宜稱壽絃管鼎沸宮商
方頻奏滿捧瑶卮華堂歌舞柏轉金釵斜溜朱顔綠鬢
慇勤深願鎮長如舊嘆濱海道難留指日榮遷飛驟

鵲橋仙　上張宣機

雲峰初斂秋容如洗庭院金風初扇蔥蔥佳氣靄侯門
信天上麒麟乍見　祝君此去飛黃騰踏日侍凝旒邃
晃和羹調味早歸來坐看取蓬萊清淺

惜香樂府卷九

惜香樂府卷十

宋 趙長卿 撰

拾遺

柳梢青

晴雪樓臺試燈簾幙適是元宵羅綺嬌春帝城風景今夜應饒 爭知我繫如匏便促月良天任教早閉柴門從他簫鼓細打輕敲

賀新郎

世諦人多錯阿誰將虛名微利放教輕著萬事莫非前定了選甚微如飲酌算徒誑龍韜豹畧縱使龍頭安尺木更從教豹變生三角渾是夢恍如昨　吾廬自笑常虛廓對殘編磨穿枯硯生涯微薄負郭田園能有幾隨分安貧守約要不改簞瓢顏樂西掖北扉終須到且嘲風咏月常相謔更要甚萬金藥

東坡引舊刻此首後有滿庭芳一首是山谷作今删去

茅舍無客至氷硯凍寒泚南枝喜入新詩裏惱人頻嚼蕊惱人頻嚼蕊　因思去臘江頭醉倚動客興傷春意經年自嘆人如寄光陰如撚指光陰如撚指

杏花天

乍涼漸漸風生幙人獨在朱欄翠閣吹簫信香爐香薄眉上新愁又覺　從前事擬將拚却夢不斷花梢柳萼一盃睡起誰同酌斜日陰陰轉角

臨江仙

遠岫螺頭濕翠流霞賴尾踈明斷虹斜界雨新晴煙村燈火晚江浦畫難成　我向其間泛葉終朝露渚風汀老來心事最關情不堪三弄笛吹作斷腸聲

鵾𦈕毬　和康伯可韻

流水奏鳴琴風月淨天無星斗翠嵐堆裏蒼岩深處滿林霜䐈暗香凍了郝禁頻嗅　馬上再三回首因記省去年時候十分全似郝人風韵柔腰弄影氷腮退微成清瘦

眼兒媚

南枝消息杳然間寂寞倚雕欄紫腰豔豔青腰裊裊風月俱閒　佳人環珮玉闌珊作惡探花還玉纖撚栗櫻唇呵粉愁點眉彎

菩薩蠻

日高猶戀珊瑚枕羞紅不忿花如錦雙燕運芹泥燕歸人未歸　縱饒梳洗罷朱户何曾跨寂寞小房櫳回文和淚封

鷓鴣天

落魄東吳二十春風流詩句得清新今年却恨花星照再見溫卿與遠真京口妓魁趙柔陳玉分楚佩染巫雲赤繩結得短花茵若非京口初相識安得毘陵作故人

浪淘沙

綠樹轉鳴禽已是春深楊花庭院日陰陰簾外飛來雙語燕不寄歸音　舊事嬾追尋空惹芳心天涯消息遠沈沈記得年時中酒後直至而今

謁金門

春睡足簾捲翠屏山曲芳草沿堦橫地軸垂楊相映綠

暗憶舊歡難續又是禁煙傳燭陌上踏青新結束秋千誰共促

侍香金童

一種春光占斷東君惜算穠李昭華爭竝得粉膩酥融嬌欲滴端的尋前舊曾相識　向夜闌酒醒霜濃寒又力但只與氷姿添夜色繡幙銀屏人寂寂只許劉郎暗

傳消息

菩薩蠻

新晴庭户春陰薄東風不度重簾幙笑幾小蘭房雛鶯

初弄黄　悄寒春未透不解尋花柳只恐漸春深愁生

求友心

清平樂

紫簫聲斷窗底春愁亂試著春衫羞自看窄似年時一

半　一春長病厭厭新來愁病重添香冷倦熏金鴨日

高不捲珠簾

好事近

齒頰帶餘香聲咳總成珠玉剪碎袖羅花片點金飢春綠玉魚花露自清涼消消在郎腹猶勝望梅消渴對文君眉黛

思越人向刻品令誤

好事客宮商内吟得風清月白主人幸有豪家意後堂煞有春色　花壓金翹俏相映酒滿玉纖無力你若待

我些兒酒儘喫得喫得

武陵春

落了丹楓殘了菊秋色苦無多誰喚西風泣淚羅吹恨入星河　碧枝頭上金粟鬧曾插翠雲窩重㨾檀英憶兩娥無奈冷香何

惜香樂府卷十

總校官舉人臣章維桓
校對官中書臣邱桂山
謄録監生臣劉兆繩

圖書在版編目（CIP）數據

惜香樂府 / (宋) 趙長卿撰. —北京：中國書店，2018.2

ISBN 978-7-5149-1910-3

Ⅰ. ①惜… Ⅱ. ①趙… Ⅲ. ①宋詞－選集 Ⅳ. ①I222.844

中國版本圖書館CIP數據核字(2017)第319289號

四庫全書·詞曲類

惜香樂府

作者 宋·趙長卿撰
出版發行 中國書店
地址 北京市西城區琉璃廠東街一一五號
郵編 一〇〇〇五〇
印刷 山東汶上新華印刷有限公司
開本 730毫米×1130毫米 1/16
印張 14.25
版次 二〇一八年二月第一版第一次印刷
書號 ISBN 978-7-5149-1910-3
定價 五二 元